JN089788

光る背骨

Ura Kanako
浦 歌無子

七月堂

光る背骨

目次

マリア・シビラ・メーリアン

高橋お伝

フリーダ・カーロ

メアリー・アニング

伊藤野枝

光る背骨

装幀・写真・カット……………毛利一枝

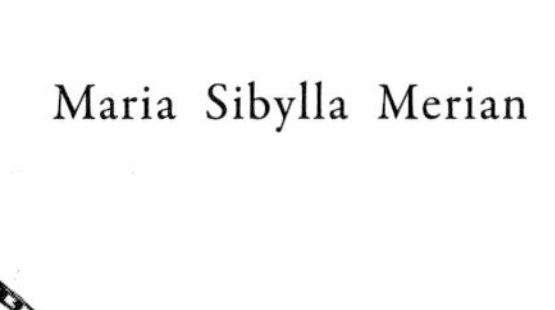

Maria Sibylla Merian

マリア・シビラ・メーリアン

夜明け前

蚕は夜のようにしずまっている
今日？　明日？　明後日？
いったいいつ？
待ちに待ったある日の夜明け前
繭はふるえはじめた

養蚕場からもらってきたちいさなちいさなたまご
すぐに殻をやぶって幼虫が生まれた
こんなにちいさくて

ほんとうにおおきくなれる？
クワの葉を食べはじめて三日目
うごかなくなった
しんとみたされて
時間の声を聴こうとしてるみたい
あ、皮を
ぬいだ
とてもじょうずに
また食べはじめる
自分よりずっとおおきなクワの葉を
雨が降ってるみたいな音をたてて
食べて
うごかなくなって
皮、ぬいで
食べて

おはなのかたちのかわいいフンをして
またぴたりと止まって
皮をぬいで
雨は降りつづく
アニスの種よりちいさかったのに
わたしの中指よりおおきくなって
食べて
フンをして
止まって
皮、ぬいで
どうしてこんなにたくさん食べられるのって思ってたら
雨音はやんで
白いもやもやしたものを口からだしはじめた
糸?
白くてほそい糸が

あとからあとから
からだのなか
からっぽになっちゃいそう
あめいろにかがやきはじめたからだで
糸をはいてはいて
くるぐるくるぐる白をたばねて
じょうずにつくったまるいお城にかくれて
見えなくなった
きっとすやすや眠ってる

繭をうちがわから押す白い頭が見えた
つややかな黒い瞳が世界をはじめて映す
空気を懸命に掻くほそい前脚
風を梳かす櫛のような立派な触角を伸ばし
からだぜんぶの力をつかって

すこしずつすこしずつ外にでてきた生きものの
翅はおりたたまっていて
ひかりに湿っている
よろめいて
ばたついて
飼育箱の壁にぶつかって
くりかえしのさき
空を飛んだ

まきおこった空気のふるえが
なにかを知らせてくれた
この世界のなにか
きっとそれは
空気がふるえることの
翅がふるえることの

わたしがふるえることの
ちゅうしんにあるたいせつでひめやかな

ひたすら見つめ描いて
虫のことばをもちたい

十三歳のこの日
運命は決まった

スリナムの太陽のもとで

ヴェールとヘルメット
虫網と虫カゴ
拡大鏡に針に標本箱
絵の具と羊皮紙

アムステルダムの波止場を発ち
ゆられゆられて娘とともに二か月もの大航海
スリナムへ降り立った
わたしの新世界

熱く湿った土に足をめり込ませ
初めて聞くけたたましいショウジョウトキの鳴き声を耳に
森の奥を歩きまわる
生い茂る木々の呼吸にむせながら
ありとあらゆる種類の葉っぱをひっくりかえし
ケムシたちをさがす

とがった枝に引っ掛かり日に日にほつれてゆくスカート
いつもどこかしら赤く腫れがひかない皮膚は
襟元や袖から入り込むさまざまな虫のしわざ
百%の湿度に心臓は痛めつけられ
くるぶしの奥までわたしを煮え立たせようとするスリナム
ハエを舌でからめとるカエル
カエルを前脚で押さえ込むタガメ
イモムシを突き刺すハチ

網にかかったハチににじり寄るクモ
クモに噛みつくオオアリ

この土地でわたしは思い知った
人間なんて毒グモの一噛みにも
ハチの一刺しにもかなわない
もっとちいさな蚊にすらかなわないが
生きてこの地に来ることができたからには
ここで出会う新しい虫たちの
ただの一匹も逃したくはない
すべて手に入れて
わたしの元で羽化させたい

揺れている草の新芽にそっくりの
グリーン・バンディド・ウラニア・モスの幼虫

葉っぱの上のチューサー・アウル・バタフライのたまごは
ふるふるきらめく朝露のよう
カロライナ・スフィンクス・モスの
やさしい毛布みたいなさざなみみたいな翅
クリスマスツリーの飾りと同じかたちの
メロンワーム・モスの赤ちゃん
ビワハゴロモは寡黙な哲学者で
ディドー・ロングウィング・バタフライは
夏空を羽織る貴婦人
呑み込まれそうに青いメネラウス・ブルー・モルフォ・バタフライの
翅の奥へと夜はひらいてゆく

どの虫もその模様に色にかたちに秘密を宿しており
世界を知っているが
わたしにはとうていその秘密を読み解くことができない

雨季

今日も大粒の雨が大地を撃つ

パパイヤ、バンレイシ、パイナップル、グァバ
果物の濃密な匂いにまざって
クジャクの花の紅と黄がこぼれている
インディオの女性は語った
クジャクの花の種を使って子どもをおろすのだと
子どもを自分とおなじ奴隷にしたくないから産まないのだと
アフリカ大陸から連れてこられた黒人女性のなかには

故郷で生まれ変わるために死を選ぶものたちもいた

（果物が熟れてゆく匂いも
彼女たちにはなんのなぐさめにもならない
彼女たちこそ果物のように
まとわりつく闇のなかもぎとられ魂まで残らず食べられる
せめて夜眠ったときに夢が　せめて見る夢が
彼女たちにそっとまたたけばと思ったとしても
それは骨の髄まで届く過酷を知らない者の感傷でしかない）

部屋のなかで育てているケムシが葉を食む音が
空気を震わせる
蝶のはばたきが
雨音の透き間から聞こえてくる
インディオが見つけて持ってきてくれた

背中に愛らしい赤い模様を並べるケムシは
順調に育ちサナギになった
きっと今晩にも羽化するだろう
飛び立ってしまうまえに
針を突き立てる
いつものように

（許されてもいないのに）

ケムシよ
サナギよ
チョウよ
その目に世界はどう見えているか
わたしは泣きたい
この虫たちのまえにひれ伏して

蝶のはばたき

十七世紀前半
イモムシはキャベツから生まれ
ハエは古い果実から生まれ
蛾は破れた毛布から生まれると信じられていた

窓には溶け忘れた雪のかけらのように
きのうからじっと動かず
ちいさな蛾が白い翅をひろげている
わたしは翅の模様にみとれながら鱗粉におびえ

ケムシの色彩に感嘆しながら動きにひるむ
マリア・シビラ・メーリアンは知りたかった
神はどのようにこの世界をつくったのか
そしてありとあらゆる人に知らせたかった
虫たちの持つ無限を

一六九九年、　スリナムに降り立った五十二歳のその顔は
蚕のメタモルフォーゼに打たれた十三歳のときと
おなじ光を放っていた
スリナムに行かないことは死に等しかった
女であることも歳をとっていることも
なんの妨げにもならなかった
たとえ船が途中で沈んでも未知の国で命を落としても
あなたは旅にでたことを後悔しなかったはずだ

大事に大事に育てあげ
変態に畏怖しながら羽化するやいなや
熱した針を突き刺しあっという間に絶命させる
わたしは訊きたい
針を刺すときあなたは
一瞬のためらいもなかったのか
観察し描くためには微塵の
ためらいも？

わたしも突き刺すたくさんのものを
近いものたち遠いものたちを
ちぎって
つぶして
きりきざんで
ころして

すぐに忘れて
ぐっすり眠る

絶命の瞬間
虫には針のつらぬく音が
聴こえるだろうか
音はからだのうちがわに
どんなふうにひろがってゆくのだろう
そのとき
虫のタマシイは
永遠へと導かれると
誰か優しく説いてください

あなたの絵を見ていると
知らない虫を

変態の瞬間を
この目で見たくてたまらなくなる
だけどわたしはスリナムへは行かない
わたしはここにいて
あなたの絵の
ケムシたちが葉っぱを食む音を聴く
キャッサバの根が伸びてゆく音を聴く
バナナの花の匂いにむせ
パイナップルの汁で舌を満たし
蝶のはばたきが起こす風をまつげに感じる
蛾の翅に知らない国の地図を見つける
たどる指さきに道すじが香る
わたしが虫だったころへと
さかのぼってゆく

メタモルフォーゼ

わたしが蛾になる前の
幼虫だったころ
冷たい夜露をすすると
夜がふかぶかとからだじゅうに染みていった
苦くて甘い葉っぱを食んで空いた穴から見える
朝のひかりが好きだった
サナギになったわたしに
葉っぱはあたたかなゆりかごとなり
さやさやと子守り歌までうたってくれた

一秒後には人間の子どもの手がやってくるかもしれない
おなかをすかせたムクドリに見つかるかもしれない
いつ強い風が吹いてくるかわからない
でもなにもこわくはなかった
生まれた瞬間から死がはじまることを
とっくに知っているのだもの
わたしはこんこんと夢を見ながら
溶けてなくなってゆく心地よさに恍惚となり
つくられ変化してゆく痛みとともに
時間を自由に旅していた
さかのぼったり越えたり
誰にも届かないところへと
そのあいだ外がわでは規則正しく夜が訪れていて

眠りから覚めたとき

瞳に訪れたひかりは
はじめてのひかりのようでもあり
何万回も見たひかりのようでもあった
はるか遠いところから届けられたひかりが
わたしのひらききっていない生まれたての翅に
降りそそいでいた
あのひかりを忘れるな
たとえはじまりが終わりになっても
こわくはない
わたしはわたしを越えて
何億回も朝を迎える

マリア・シビラ・メーリアン（一六四七年〜一七一七年）……………………

ドイツのフランクフルト生まれ。画家。生物学者。昆虫は泥や腐った食べ物などから自然発生すると考えられていた時代に、昆虫の変態の経過をつぶさに観察し記録。細密で生命力にあふれたその絵は、幼虫、蛹、成虫とそれぞれの段階を、食となる植物とともに一枚におさめる。昆虫の生活環に重きをおいた美しく精確な記録画は、生態学の発展に大きく貢献した。

Takahashi Oden

高橋お伝

今日も風が吹いている

(ひゅうううぅぅう

今日も風が吹いているよお伝
激しい風だ
一口（ひとふり）の短刀であるわたしの刃先をなぶり
記憶までめくってゆく

お伝　おまえがわたしをはじめて握り締めたときの
火花が集まるがごとく赤みを帯びてゆく指さきを

わたしは忘れはしないだろう
おまえはわたしを選んだ
おまえが信じ抜いた自分に流れる武士の血の
確かなシルシとして

（ひゅううぅぅう

あの日わたしはおまえの胸元から飛びだすと
おまえと手を取り合って
ケチなあいつの喉元から一閃
気管から胃壁まで突き抜いてやった
おまえは絶命したあいつの懐から金を奪うと
まっさきに借金を返し
恋しい男のもとへと帰った
久しぶりに結った美しい丸髷を

わたしはちゃんと覚えているよ

(ひゅううぅぅう

おまえは捕らえられ
煮え立つおまえの胸元から
わたしは引き離された
でもわたしにはわかっていた
縄をかけた者たちへも
おまえが見事な物語を紡ぐのを
月夜野ッ原の声を持つおまえ
物語の絹糸を
しなやかに吐きだし撚り合わせれば
嘘はたちまち真実に
その一瞬の真実に

おまえはひらりと身投げし
わたしは切っ先を捧げるのだ

（ひゅ　うううぅぅう

あたしの熱いからだのなかを風が吹き抜ける
ああこの風なら知っている
あの道を走りに走った真夜中に
あたしのからだを包み込んだ風だ
あたしが生んだ風だ
あたしはひかりをつかんだはずだった
ああ人生をもっと飲みつくしたかった
あたしはこんなところで終わりたくはなかった

喜べお伝

風にのっておまえの声はおまえの心は
恋しい男のもとへ届くであろう
もっとずっと遠く
おまえが想像したこともない彼方へも

（ひゅうう　うぅぅぅう

たった今わたしの冷たい尖端に触れたのは
誰が生んだ風であろうか
あのときもあのときもあのときも
強く速く打ちつづけるおまえの鼓動に
空気がびりびりと震え
風が生まれた
六月の夜中、生まれ故郷の月夜野を走り抜けたくるぶしに
夏の果て、怒りがのぼりつめあふれでた指さきに

冬空の下、処刑場で刀が振り下ろされたうなじに

あたしはあたしの声にしたがった
あたしはあたしの手に血を浴びた
あたしはあたしの足で駆け抜けた

月夜野の真っ暗なケモノ道を
潮の匂いのする横浜の坂道を
浅草のにぎにぎしい砂利道を
走れ走れ走れお伝よ
胸元にわたしをしのばせて
生きることへのくるおしい欲望に
からだを発光させながら

走る走るあたしは走る

風を生みあたしは走る
環状七号線のアスファルトを
丸の内のガラス張りのビルを
渋谷駅構内の迷路を
多摩川を横切る高架橋を
胸元に切っ先をしのばせて

血

自分がなにをしたかわかってんのか？　だって？
人一人殺しておいてふてぶてしいって？
あたしはどこで間違った？
いいように騙されるばかりの商売に足をつっこんだとき？
もうこうなったら自分が騙すほうにまわってやると思いさだめたとき？
いいやそれよりももっとまえ
夫の波之助が癩病になり二人して故郷を追われたとき？
それとももっともっとずっとまえ
あたしには武士の血が流れているって信じたときだろうか

看病の甲斐なく夫は死に
どうにかこうにか生きながらえ
市太郎と出逢った
少々頼りないところがあるが恋しい市太郎と一緒に
なんとか地を這うような生活から抜けだしたい
なんてったって世の中は大きく変わって
変わって
あたしは
すこしくらいいい目にあったってバチなんかあたりゃ
しないこれまで考えもしなかった今を手にしてる連中
がごまんといるじゃないかもう二度と桑苗の代金をす
っぽかされたりするもんかこんどこそうまくいくはず
こんどこそこんどこそってなんだってあたしたちこん

なにお金に追いかけられてんだろうねぇ市太郎さんそ
んなに悪いことしてきたかねぇあたしたちはるか遠く
にきらめきが見え隠れしている商売のきらめきははる
か遠いまままた借金だ毎日毎日お金の工面に明け暮れ
てあぁまた今日もダメだったって足を引きずりながら
帰るとき空を見上げたら月が見えた月夜野が

なつかしいなんて口が裂けても言いたかない貧乏に辛
い奉公に夫の病いいい思い出なんてこれっぽっちもな
いんだからでもねぇ風は気持ちよかったそう風あの月
夜野ッ原だけはあのままがいい変わらないでいてほし
いほんとは今もただ気持ちいい風に吹かれていたいだ
けな気もするでもあたしはもうあたしには野ッ原を走
るためのふくらはぎがないなんだか遠いねぇなにもか
も遠いねぇ風が気持ちいいってさいごに思ったのはい
つだった？市太郎さん風が

いつ死んだか知ってる？月だってほらざくざく割れてかけらが落ちてくる割れて割れたかけらにあたしが映ってるあたしの死が映ってるあたしの死があたしの死のさきの真っ暗な闇と一緒に映ってる風が足りない風が足りない風が足りないこのおなかのからっぽこころのからっぽに吹きこんでくるのは風なんかじゃあない火だ炎だ怒りを食べてどんどん燃えさかる炎にぎらり照らされているのはあぁそうだったあたしにはこの短刀があるあたしをあたしたらしめる刀が今を切り裂いて道を示してくれるにちがいない真からの味方になってくれるにちがいないそうだこれは仇討ちなんだ病気の夫を突き放した故郷への苗のお金を払ってくれなかったあいつへのあたしに冷たかった世間へのうまくいくに決まってるあたしは武士の娘なんだこれ以上義理を欠くわけにはいかないお金に食い尽くされるわけに

はいかないお金にお金を食べさせて満腹にしてあたし
に手出ししないようにしなくちゃいけない下心をもっ
たあいつにどうしたって都合してもらわなけりゃなら
ない断られれば奪うしかない世間があたしを切り裂く
まえにこっちから切り裂いてやるんだあたしの風を取
り戻すんだ、あぁ今日もまた髪を結うのを忘れてた

どこかにもっと別の道があったんじゃないかって?
そのとおりかもしれない
そっちへ行けばあたしはいとしい誰かと
笑って暮らしていたのかもしれない
地道に畑を耕して
暮らしはきついだろうが
一日の終わりには

今日という日を無事に過ごせたことを感謝できるような
かわいい子どもだっていて
三人で川の字になって眠りにつくような
そんな人生もあったのかもしれない

でも
もう
そんなものいらない

あたしは自分の信じる未来へ向かってまっすぐに
頭から飛び込んだことを後悔したりしない
故郷の月夜野ッ原を駆けたときから
あたしは走りつづけている
忘れてはいない
あたしの運命はあたしのものだ

今までそうやって生きてきた
果ての果てまで意地を通し
この手で足で生き抜くんだ

薄紅

目かくしをされ手を縛られたまま転げまわって
あれだけ暴れてやったのに
あたしの首は斬り落とされた
まさかひとさまのまえでこんな姿を晒すことになるなんて
思いもしなかった
ああでもなんだろう
この清々しさは
ざっくり斬られたあたしの
首の断面からしたたる血とともに

うちがわでかたまって煮えたぎっていた熱が放たれ
冴え冴えとした一月の空気とまざりあってゆく
斬り口を撫でてゆく優しい風
風ばかりではない
見物していた囚人たちに踏みしめられた土がぎしっと鳴る音や
監獄の廊下を飛んでいるちいさな羽虫の翅の震えるさまや
遠く月夜野で降りはじめた雪の匂いまでもが
あたしの剥きだしにはっきりと届けられる

いったいあたしはこれからどこへ行くんだろう
あの人のもとへ連れて行ってもらえるんだろうか
あれほど逢いたかったあの人のことも
恋しいにはちがいないが
飢えも焦りもすっかりなくなってしまったことを
喜んでいいのやら悲しんでいいのやらとりとめもなく考えていたら

あたしの首とあたしの首なしの胴体は
いかめしい建物のなかのおおげさに明るい一室に運ばれ
冷え冷えとした台の上にまっぱだかで寝かされた
男たちが上からあたしを見下ろしている
あたしは全員に唾を吐きかけてやりたいって思ったけれど
吐くっていったい唾ってそもそもどんなものだったろう
男の手にした銀いろに光る尖端が
お腹に触れたかと思ったら
あっという間にあたしは切り裂かれていた

あちこちにメスを入れられ
からだは薄い紅に染まり
まるで絹で織られたつややかな布のよう
そんな美しさには目もくれず
男たちはあたしのどこか

とりわけ女だけが持っている臓器に
特異性を見つけようと躍起になっている

けっきょく四日間にもわたって
薄紅のからだは冷やかな台の上に置かれ
尖った銀いろで切り刻まれた
なんにもわかっちゃいないかわいそうな男たちを
笑ってやりたい
あたしは特別でもなんでもない
ただ生きようとしただけ
つぎからつぎに物語を紡いだのだってそう
あたしはあたしを幸福にしようとしただけ
それなのにぜんぜん別の物語が
あたしから遠く隔たったそとがわで勝手にうごきはじめて
あたしはあたしのあずかり知らぬところで伝説になった

あたしにはなんの関係もない
アルコール漬けにされた性器
そんなものに未練はない
誰にだってくれてやる
あたしはいまとっても軽い
丸髷も結えず涙も流せず叫ぶこともできなくなってしまったぶん
あたしは軽い
たぶんそう風よりも
どこへだって行ってやる
ゆうやけにあたためられ
あかくいろどられたこのはのささやくこえが
かなたからきこえてくる
あたしはもうにどとそこなわれない

高橋お伝（一八四八年〜一八七九年）……………………

上州利根郡下牧村（現：群馬県利根郡みなかみ町下牧）生まれ。下牧には元禄年間発祥の「雨降り人形」なる人形芝居が代々受け継がれるなど、月夜野地区一帯が、芸ごとの極めて盛んな土地柄であった。農家の出だが、母親の奉公先、沼田藩の広瀬半左衛門の「落胤」であるという風説が根強く残り、お伝もそう信じていた。金銭が原因で古着商の後藤吉蔵を殺害。二年有半後、斬首による処刑。その後、遺体は解剖され、性器は標本にされ長く保存された。新聞や歌舞伎など当時の様々な媒体により「毒婦」として伝説化される。

＊二〇〇五年に合併により月夜野町からみなかみ町となる

Frida Kahlo

フリーダ・カーロ

わたしのヒヨドリ

一九一三年、大地のための革命のさなか、
六歳のわたし、フリーダの右足は病により棒になりました。
それは、わたしに訪れる変身のはじまりのはじまりでした。

クルミ水で満たされたちいさな桶に浸し優しく洗っても
右足は棒のままだった
棒の足とともにわたしは
よく笑うかわいい女の子を手に入れた
窓ガラスに息をふきかけ

指さきでドアを描く
ドアを開け平原を駆けてゆくと
ピンソンという名の乳製品工場にたどり着く
PINZONのOの文字の真ん中へからだを滑り込ませ
地球のうちがわへ降りてゆく
あの子が待っている
羽根のようにふわりと踊り
陽気でわたしのことならなんでもわかっているあの子
生まれたての声で
あの子が耳もとでささやく
——みんな「棒足フリーダ」なんて囃し立てるでしょ、
　でもね、あなたがあんまり優雅に跳ねるように歩くから、
　空を翔びまわる小鳥とまちがう子もいるのよ。

かわいいあの子

わたしのヒヨドリ
会いに行くといつも
くるくる笑って
剥きだしの心臓も
首に巻きつくイバラも
バラバラの背骨も
こわがることはないって教えてくれた

わたしはこわがったりしない
わたしとあの子
手に手を取って
やがてしたたり落ちるわたしの血を止めにゆく

＊PINZON（ピンソン）（ひよ鳥の意）の話はフリーダの日記の記述に拠る。（ヘイデン・エレーラ著　野田隆／有馬郁子訳『フリーダ・カーロ　生涯と芸術』晶文社・一九八八年）

光る背骨

背骨の透き間から生えてくるものがある
それは緑いろの植物です
わたしの人生は背骨のなかに幾重にも折りたたまれ
閉じ込められてしまったのに
わたしの背骨は
空を持っていた光を持っていた透きとおる水を持っていた
そのうえわたしの背骨は廃墟の窓のように
あちこちひびが入っていて風とおしがよいので
のびのびと植物は育っていった

生きてゆくということが
びっしりと生え
背骨をくるんでいった

鮮やかに咲き誇る
チューベローズ
　　　　　　　　　　プルメリア
　　　ユッカ
ダリア
　　　　　　　　アカンサス
　　ハカランダ
濃い香りを放つ花のあいだを
ゆっくりと飛び交う
　　　　　アオジャコウアゲハ
オオカバマダラ

スゴモリシロチョウ

エメラルドカワトンボ

ルリオビタテハ

わたしの流す血は
ウチワサボテンの実が流す血と同じになり
わたしの背骨はメキシコの大地になった

ディエゴ

ディエゴ、あなたのもたらす無比の喜びとめくるめく苦しみのなかで、夜は果てしなくどこまでも伸びてゆく。わたしの夜は蛇だ。毒蔦だ。髪の毛だ。黒い静脈だ。地球を一周まわってわたしに絡みつく。切り落とした髪さえ伸びつづけつきまとうので、つなぎ合わせまた頭上へ結い上げた。首にはイバラが巻きつきつねに血は流れだしているのに、からだのなかの血はどんどん濃くなり出口を求めている。あなたが出口を塞いでいます。あなたのせいで血がどんどん濃くなってゆく。わたしの心臓を見て。傷ついた心臓は大地の果実。黒に空の青とマリーゴールドの黄色を混ぜ合わせれば緑になるように、痛みの色も哀しみの色もみずみずしい命の色に変わる。テワナドレスの刺繍みたいに。零れ落ちる血は花びらになる。花はいずれ枯れてしまう。枯れないもの腐らないもの変わらないものをわたしは信じない。きらめく花を髪に飾る。この一瞬にも死につつある花を。死は再生よ、ディエゴ。メキシコの太陽のようにわたしの骨まで焼き尽くす。わたしはあなたを描けない。色が足りないから。かわりにひらひらひかる血のリボンを結び、あなたを抱きかかえます。あかいリボンはするすると伸び、大地をそめてゆく。

金いろ。シガレットケース　朝　洗いたての絵筆

金いろ。シガレットケース　朝　洗いたての絵筆
青。ココアカンの家　テワナドレスのひだ飾り　安堵
灰いろ。雨でぼやけた輪郭　トロツキーの耳　ユダ人形に巻かれた導火線
ベージュ。繕ったストッキング　呼吸　ベッドの枠
鳶いろ。ワラの翼　欲望　イバラの首飾り
インディゴ。解放　ラ・ジョローナの旋律　背中の釦
黄いろ。嫉妬　サツマイモとパイナップルのシロップ煮　コルセットに描かれた薔薇
透明。ワセリン　沈黙　ニコラス・ムライのレンズ
ピンク。手紙に同封するボニートの羽根　笑いの渦　カラベラ・デ・アスカール

漆黒。眉　フーラン・チャンのしっぽ　不屈
紫。ブーゲンビリア　歓喜　小指の指輪
白。叫び　脱脂綿　グラスにつがれたプルケ酒
水いろ。錠剤　風にゆれるイヤリング　孤独
鈍いろ。ハチドリの嘴　憤怒　鏡の傷
深紅。義足　重ね塗りしたマニキュア　まなざし
薄紅。葉脈　絵日記　レースの染み
オレンジいろ。かなしみ　枕の縁　ディエゴのてのひら
若葉いろ。自由　マリアッチの音色　スープ皿の模様
銀いろ。刺繍糸　時間　セニョール・ソロツルの瞳
緑。櫛　テーブルクロス　さいごに迎えにくる天使の翼

＊フリーダが日記の中で色の意味を記述した形式より着想を得る。（ヘイデン・エレーラ著　野田隆／有馬郁子訳『フリーダ・カーロ　生涯と芸術』晶文社・一九八八年）

ふくらはぎよ背骨よ血液よ

ちいさな日傘をなくしたことに気がついて、アレハンドロとわたしは一度バスを降り、その運命のバスに乗り合わせたのだった。バスが電車と衝突して席から投げだされまず思ったのは、さっき買ったばかりの鮮やかな色のけん玉はどこ？捜さなきゃってことだった。バスの手すりがわたしを串刺しにしているとも知らず。血まみれのわたしを見て、人々は踊り子だ！と叫んだ。塗装職人が持っていた袋から飛び散った金いろが、わたしの全身を覆っていたのだ。

鉄はからだの左がわから膣をつらぬき
左の肩と右の足首は

は
ず
れ
みぎあしの骨は
十一か所くだけ
鎖
骨は折れ　肋
骨折れ
骨
盤も折れ
脊椎も折れ
バ
ラ
バ
ラのまま

真っ暗な宇宙に投げだされた
毎晩毎晩、死神がベッドのまわりをぐるぐる踊る
日傘もけん玉も二度と戻ってこない
そのことがようやくわかったとき
死神とワルツを踊ることに決めたフリーダ
誰ともわかちあえない痛みが
くりかえしくりかえされても
子宮のなかの子どもたちが
冷たい星に連れ去られても
ベッドを染める朝の光のなかで
天井の鏡に映る自分を描きつづけたフリーダ
フリーダ、あなたが絵に塗り込めた血の重みを
指さきでなぞる
皮膚であり椎骨であり胃袋であるわたしたち
悪意に晒され欲望に踏みにじられ痛みに支配される

動脈であり肺であり耳小骨であるわたしたちの
もしも背中にナイフを突き立てられたなら
もしも激しく地面が揺れたなら
もしも重たいタイヤに轢かれたなら
もしも猛毒に侵されたなら
よるべない肉体はわたしたちに
わたしのではない言葉を幾たびも言わせたり
おびただしい数のおまじないを発明させたり
妹たちの心臓をきつくきつく抱きしめさせたりする
フリーダ、 わたしたちもあなたとおなじ
肉体は目をそらせない
一瞬も

立て
ふくらはぎよ背骨よ血液よ

立て
震えながら

眠りなさい

しーっ　静かに

もうすぐ最後の幕が開く
わたしはあなたの幼なじみのピンソン
あなたのヒヨドリが地球のうちがわからやってきた
あなたに会うために

もうすぐあなたの指さきに
あらゆる色を生き生きとまぜあわせた指さきに

夜のとばりが下りる
眠りなさい
ゆっくり息をすってはいて
安心して
眠りなさい
胸がつぶれるような
別れがやってきても
花をひろうような気持ちで
その別れをうけとりなさい
今　には　過去　がふくまれている
未来　も
あなたはなにも奪われていないし
これからも奪われることはない

しーっ　静かに

もうすぐはじまりの幕が開く
髪にマリーゴールドの花をさしてあげよう
あなたの顔が明るく照らされるように
眠りなさい
もう壜に入った薬ではなく
これからはひかりのあめをのむのだよ
わたしはあなたの手をしっかりとにぎっているから
さあゆっくり息をすってはいて
安心して

Que duermas bien.

Que duermas bien.

Que duermas bien.

Que duermas bien.

フリーダ・カーロ（一九〇七年〜一九五四年）

メキシコのコヨアカン生まれ。画家。六歳で小児麻痺にかかり、右足が不自由になる。十八歳のときにバスの事故で瀕死の重傷を負い、一命をとりとめるが、終生後遺症に苦しめられる。十九歳、初の自画像を描く。二十二歳、著名な壁画家、ディエゴ・リベラと結婚。夫の度重なる女性関係に傷つき、自らも数々の恋愛に身を投じながらも、互いにかけがえのない存在であった。三十回を越える手術に加え、晩年には右足を切断。四十七歳で生涯を閉じるまで、心身の痛みと闘いながら、愛を求めつづけ、「自分自身の現実」を描きつづけた。

Mary Anning

メアリー・アニング

波打ち際にて

わたしはもうすぐ死ぬ
傷んでしまった胸の奥に逆巻く波がなんども打ち寄せる

横たわった寝台から
イクチオサウルスのながく尖った頭骨のようなほそい月が見える
海と大むかしの生き物の化石と賢いぶち犬トレイ
それがわたしのすべてだった
十一歳のとき父が死に
母と兄とわたしのりんかくはますます夜に滲んでゆくばかり

食べるために
父が一から教えてくれた化石掘りを本格的にはじめた
わたしには化石が掘りだせるか掘りだせないか
パンがあるかないか
その二種類の日々しかなかった

棚の上のアンモナイトやウミユリの化石
ぜんぶわたしが見つけて掘り起こした
博物館に飾ってあるプレシオサウルスの化石も
信じられる?
あんなにふしぎな生き物が
かつてここにはいた
あんなにおおきなものたちでさえ
時間の波には逆らえず
みんな滅んでいった

それからこんどは海の波にさらされ
わたしのまえに現れた
骨ばかりとなって

発見の喜びはお腹をいっぱいにはしてくれないから
化石はすこしでも高く売らなければならなかった
パンにかえるため
生きるため

ほそい月は空のほほを滑り終えた
わたしの化石の多くが
わたしから遠いところにあって
二度と目にすることは叶わない
発見者の名まえはほとんどどこにも記されていない
だけど

まなうらにはっきりと見える
生きている姿を誰も見たことのない
絶滅した巨大な生き物の骨が
失われた時間を秘めた化石が
わたしの見つけたとてつもなく美しいかたちが見える
この美しさを知っていることが
わたしを支えてきた
失望も怒りも悲しみも抱えたまま
死んでゆく
でもわたしは
美しさを知っている

光の粒

メアリーは生き返る。一八〇〇年八月一九日のライム・リージス。閃光。耳を突き破る轟音。裂けるニレの木。雷に撃たれた一歳のメアリー。のちに人々は語る。彼女の化石発見の才能は稲妻によって脳が変性したためだと。

メアリーは待つ。激しい風。打ちつける雨。時間を舐めとる海の舌さき。ひらかれる土。記憶が閉じ込められた地球のかけら。

メアリーは歩く。一日十数キロ。小石の降る崖下。海岸に沿うブルー・ライアス。誰も歩いたことのない道なき道。

メアリーは見つける。のちにイクチオサウルスと名づけられるクロコダイル。首長竜プレシオサウルス。空飛ぶ翼竜プテロダクティルス。エイではないサメでもないスクアロラヤ。そのほかおびただしい数のはるかかなたの生き物たち。

メアリーは語る。化石でいっぱいのキャビネットが所狭しと置かれているフィルポット三姉妹の家。燃えるくちびるでアンモナイトの螺旋階段をどこまでも降りてゆく。

メアリーは濡れる。窓を破ってやってくる波に。月明かりに。父との思い出に。真夜中、メアリーの分厚い上着のかたちをした孤独に。

メアリーは掘る。たくましい腕からは泥の匂いがする。あるいはそれはジュラ紀の雨の匂い。

メアリーはウィスキーの樽を海藻で隠す。漁師にこっそり見つけさせるため。あちらに山ほど海藻があるわよと告げる。

メアリーは交渉する。美しい骨格に見合う五十ポンドを得るため。あるいは三ポンドを得るため。お偉方をおだてながらそれぞれの化石の価値を手紙にしたためる。生き延びるため。

メアリーは考える。現生生物を解剖し、化石と比較する。ミッシング・リンクについて何日も何日も何日も。

メアリーは誇る。見抜く目。掘りだす手。目と手と足から得た知識。

メアリーは笑う。悪口はほとんどすべての人に向けられる。

メアリーは怒る。レプリカにつながれ再生された骨格。軽んじられる足あと。

メアリーはつき添う。伝染病の隣人に水を飲ませる。化石探しに夢中の若い友人を波から救う。見知らぬ女性の遺体の髪から海藻をほどき棺に花を撒く。

メアリーはうちのめされる。目の前で崖崩れの下敷きになった犬のトレイ。悲鳴すら残さず。擦り切れた心を舐めてくれたぶち犬のあたたかい舌さきはもうここにはない。

メアリーは泣く。落下してゆくあめ色で夜をなんとか渡りきる。

メアリーは歯を食いしばる。母の死。夜の底の底へとつれさられる裏切り。足りない明かり。きしむ心臓と欠けたハンマーとともにいつもどおり化石探しに出かける。

メアリーは主張する。自分の肖像画の地面にはアンモナイトではなくトレイを描くようにと。彼女の見つけた化石の目印のため、あるいは誰かに横取りされないため、いつでもそこにいてくれた有能な助手のおもかげはいつでもメアリーの心を傷つけなぐさめる。

メアリーはまっすぐに見る。手に触れるものぜんぶ。出会う人のすべて。

メアリーはなでる。ウミユリ。アンモナイト。ベレムナイト。父の腕。母の声。ぶち犬のしっぽ。ひびわれたタマシイの切れ端。青ざめたままの夜深くにしずしずと明るんでくる指さき。

メアリーは照らされる。化石の奥に内包された何億年もまえの光の粒。眠りをふちどる光の粒。光の粒。光の粒。

海鳴り

わたしはプレシオサウルスである
名は人間が勝手につけた
あかりに照らされた白い壁に飾られ
その骨格を毎日晒している
まさかこんなところで骨を晒したうえ
人間たちの感嘆の声や真剣なまなざしを受け止めることになろうとは
わたしたちの仲間の誰ひとりとして
予想だにしなかった

わたしの骨に刻まれたいちばん新しい記憶は
振り下ろされたハンマーの響き
ちいさな犬の鼻の頭の冷たい感触
そして
メアリー・アニングのあたたかい指さきだ

むかしむかし
地球上でいちばん大きな生き物だったわたしたちは死に
流れ積もる泥に身を任せると
あまたの微生物たちによって肉は分解され
堂々と朽ち果てていった
あらあらしい砂が
粘り気のある土が
青い石灰岩が
果てしなく重なり

骨にしんしんと鉱物が浸透してゆくのは
おそろしいような安心なような不思議な心持ちであった
泥のなかはほんものの闇であるが
わたしたちは夜明けの匂いも
夕暮れのいろも
真夜中の温度も
知ることができた
ある日、嵐がやってきて崩れ落ちた崖から
ほんのすこし現れたわたしを
メアリーは見つけた
石となって深い眠りを眠っていたわたしから
親密な泥を引きはがし
いったいこのわたしをどうしようというのか
鋭い歯で魚を噛みちぎっていたときのようにはいかない
動けないわたしはなされるがままだった

いまにも岩のかたまりが落ちてきそうな場所で
メアリーは辛抱強く丁寧に
わたしを掘り起こしていった
彼女のよく動く腕、力強い鼓動
喜びに満ちたしぐさ、きらめく瞳を
はっきりと思いだせる
家に運び込まれたわたしを見てメアリーはつぶやいた
「なんて美しい骨格！」

――わたしは美しいものだったのか――

メアリーのまなざしによって
わたしは美しいものとして再び地上に現れた

いまわたしは明るい壁に留められているが
骨にはまだ闇がひっかかっている
遠くのほうで海が鳴っているのもちゃんと聞こえる

新月が黒い海を沈めている
高い波が今夜も崖を削る
こんなふうに海が荒れた次の日には
メアリーは夜明けとともに海辺に駆けつけた
大きな岩がころがり
海藻に足をとられでもすれば大けがをするような海岸へ
わたしたちのかけらが崖から現れていないか
誰よりも先に見つけようとして

だけどもう彼女が海辺を歩くことはない
手になじんだハンマーは長いこと

部屋の隅でうずくまったままだ
毎日身につけていた泥よけ用の靴も分厚い上着も
その隣ですっかりくたびれ果て眠りについている

メアリーよ
こんどはわたしと仲間たちがあなたを迎えに行こう
イクチオサウルスもベレムナイトもウミユリも
スクアロラヤもプテロダクティルスも
あなたの大事なぶち犬も一緒に
骨を鳴らしながら
あなたの枕元にわたしたちが集まっても
あなたはきっとおどろかない

さあおいで
なつかしい海へ還ろう

わたしたちと
わたしたちの
なつかしい海へ

骨の奥で開いてゆくのは

波打ち際に絡まっている
これは藻ですか
海の花ですか
それとも髪の毛でしょうか

岸を歩く
波の音
風の音
砂の音
もっともっとわたしは聴きたい

たとえばクラゲの鼓動
プランクトンの分裂
プレシオサウルスの咆哮
メアリー・アニングの足音
いつか深く深く聴くことができる日が来たら
そのときは歩ける
空を
海を
肺のことなど気にせずに

自分がこのままここで死んで
砂に埋もれて
肉が朽ちて
骨だけになって
水が満ちて

あたりいったい海になって
もういちど干上がって
遠いさき人類が絶滅したあと
なにものかに発掘されるかもしれないことを思う
（骨の形状よりホモ・サピエンスであると思われる
全長約一六〇㎝
目立った特徴なし）

緑いろの蛾を見つけるたびに見とれること
ときどき石を拾うこと
片づけをいつも途中で投げだしてしまうこと
バニラアイスを毎日食べること
足の速い蜘蛛がこわいこと
メニューがなかなか決められないこと
雨の音と匂いにぼうっとすること

もう誰も履かない靴をいつまでも捨てられないこと
紅茶を濃く入れすぎてしまうこと
文鳥の風切羽をお守りにしていること
伝えそこなった言葉があることを思いだしては悔やんでいること
言い合いの果てもう一歩も動けないと思った日があったこと
言い間違いがおかしくて笑いがとまらなくなった日があったこと

わたしはいつか
骨だけになる
誰にも見せたことのない白い骨
海からどんなに遠ざかっても
骨には海が沁み込んでいる
骨ばかりになっても
誰かを恋しがって
わたしの海は鳴くのだろう

泥水が沁みてゆく真っ白な紙

ほんのすこし輪郭らしきものが見えている
まだまわりの岩肌とほとんど区別がつかない
波に洗われた崖を慎重に掘ってゆく
湿った泥に指さきが冷たく満たされる
脆い崖だからじゅうぶんに気をつけなくては
潮の変わり目だって気にしてなくちゃならない
満ちれば逃げ場はないのだから
指さきに力を込め
慎重に慎重に

こなごなにならないように気をつけて
ハンマーをひとふり
こんどはなにが現れるのか
触れるかけらには
どんな物語が隠れているのか

かつて掘り起こしたベレムナイトの尖った先端が
進むべき方向をさしてくれる
アンモナイトの迷宮も
もうわたしの味方
ウミユリの棘だって
飲み込むと舌が少しだけ火傷するけれど
波は遠ざかり
近づき

前頭葉に
またやってくる
ハンマーをひとふり
言葉がこなごなにならないように気をつけて
泥水が沁みてゆく真っ白な紙
沈む言葉流れてゆく言葉
指と指のあいだから海月のようにすり抜けてゆく
何億年ぶんもの闇がしっとりと沁み込んだ泥
その泥にずっと守られてきた骨をさがす
爪のあいだにたまってゆく星屑のような
泥
言葉

掘って
掘って

掘って
いつの間にか夕暮れ
目じりのしわは増え
髪の毛には白いものがまじりはじめた
せめて
せめてひとかけらでも死ぬまでに
これまで見たこともない美しい骨を見つけたい
それからわたしは待つ
美しい骨に導かれ
時間と空間を越えた風が
わたしの額に触れるのを

メアリー・アニング（一七九九年〜一八四七年）

イギリスのドーセット州、ライム・リージス生まれ。化石発掘家。古生物学者。家具職人の父が仕事の傍ら、海岸で化石を掘り観光客に売るのを倣って幼い頃より化石探しに勤しむ。父の死後、家計のため化石発掘を生業に。十三歳のとき、魚竜イクチオサウルスの全身骨格を発見。以後、世界初の首長竜プレシオサウルスやイギリス初の翼竜プテロダクティルスを発見するなど、古生物学に重要な化石を次々に発掘し、国内のほとんどの研究者に化石を供給。独学で研究を続け、鋭い洞察力で地質学に精通する科学者となった。

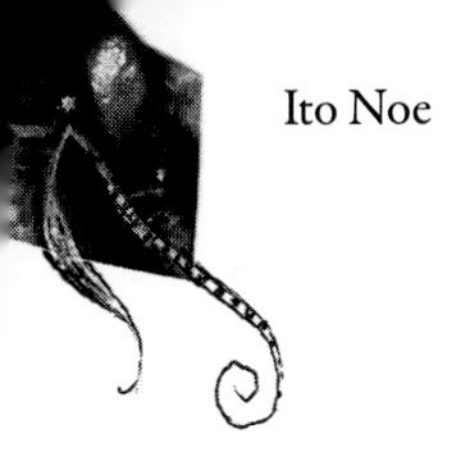

Ito Noe

伊藤野枝

雨よ貫けわたしの骨を

撃たれた海鳥がどくどく泣きながら
海に沈んでゆく
ちりちりと燃えているもの
それは
わたしの
くるぶし　指さき　髪の毛　唇
耳　眼　肺　心臓
血潮
ずっしりと重い巌も

はびこる棘という棘も
猛毒を持つ蛇も
七日七晩の飢えも
垂直に切り立った崖も
荒れ狂う嵐も
わたしを殺すには弱すぎる
わたしは女のかたちをした真っ赤な戦車
傷口に故郷の海が沁みますが
進まなければなりません
自分の魂に従うならば
辛苦は眩しく光ります
たとえ撃たれて焼かれても
雨よ貫けわたしの骨を
穿ち砕いて粉々にせよ
粉々になったわたしの骨を

風よ吹きとばせ
わたしの言葉は
冬を越え
芽吹き
人々のまつげや鼓膜や小指の爪に絡まり
うねりながら
くろぐろと伸びてゆく

大杉栄へ——そのときあなたはもっとも生きる

野枝と呼ぶあなたの鋭い眼光に
わたしはじゃぶじゃぶ洗われた
海の波はぴたりと止まり
火の玉のような月がじゅうじゅう音を立てて
海から空へと昇っていった
わたしたちを祝福してくれたのは奈落だけだったが
いっこうにかまわなかった
わたしがわたしを生きるのには
誰の賞賛もいらない

鎖は断ち切られ
わたしはわたしの亡骸を海に捨てた

あなたの言葉にわたしの鎖骨が開き
開いた鎖骨の強欲に驚くあなたの心音が
わたしのペン先を満たし
ペン先の留める真実が
あなたの思考に沁みていった

それからわたしたちは
そこいらじゅうに落ちているたくさんの人の
ひとすじの悲鳴を
おもたい沈黙を
かわいた涙を
拾っては飲み込み拾っては飲み込み

ますます育っていった
あなたは子どものおしめを洗い
わたしは芋をふかしながら
闘う
じぶんのうちがわと
世にはびこるすべての愚劣な間違いと
闘いつづける
本当の心の平穏のため

鎖骨のひとかけらは
果てしなく広がる海と等しい
泡立ち渦巻きわたしたちは吠える
運命の縄に捕らえられたとき
真実燃える薪となって
あなたの死は燃えるだろう

わたしの死も燃えるだろう
死してなお燃える眼球があなただ
死してなお燃える脳髄がわたしだ

ぴゅうす・ふぇねらいゆ――ノミの弔い

ついに死んだ
いつ死んでもおかしくないと思っていた男が
名を辻潤という
われわれはこの男の袂をねじろに生きてきたノミだ
人に寄生しなければ生きられないわれわれも
ここで命運が尽きたということだ
この男が屋根から飛び降りたときのように
一匹また一匹とわれわれは男の袖口から飛び跳ね
床に散らばる本のめくれたページへ着地する

一切の価値はただ自己が創造するのみだ。（＊1）

屋根から飛び降りたとき天狗になったつもりだったんだと
気取った連中相手には
着てるものぜんぶ脱いで四つん這いになって吠えて
まったくおかしな男だった
だけど野枝さんと出会った頃は
そこまですっとんきょうな男じゃなかった

一切の存在は相対的だ。私がいるから、君がいる、君がいるから、あの人がいる。
あの人がいるから、雀がいる、雀がいるから、猫が啼く、…（＊2）

この男が野枝さんが野枝さんになるきっかけをつくった
そして野枝さんがこの男の生き方を決定づけた

強情で、ナキ虫で、クヤシがりで、ヤキモチ屋で、
ダラシがなく、経済観念が欠乏して、野性的であった――野枝さん。（＊3）

野枝さん。息子のまことくんがそう呼んでたんだ
彼女のことはよく思いだす
なにせ面白い女だったから
野枝さんがこの男から去るときに彼女の襟元へぴょんと跳んで
一緒に出て行こうかって思ったくらいだ
だけど行かなかった
骨まで赤いんじゃないかって野枝さんを
勇敢にも受け入れ運命を変えたこの男を
最後まで見守ることに決めたんだ

遺憾なきまでに徹底させた。

昼夜の別なく情炎の中に浸った。
初めて自分は生きた。（＊4）

ダジャレも毒舌も素晴らしかった
われわれはこの男が素面だった頃のことを忘れてしまった
おおかた生き延びるために呑んでたんだな
腹んなかに革命家でも住まわしてたんだろ
おかげでわれわれもいつだって酔っぱらい
呑んで跳ねて上機嫌だ

酒を呑まずに生きていられるような
無神経な人間になれたらさぞよかろう。（＊5）

放浪する辻と一緒にわれわれもずいぶんあちこちに行った
パリにだって連れてってもらった

尺八吹きながらモンパルナスの路地を歩いて
うしろからまことくんがついてまわってブリキ缶にお金もらってね
まじめな顔して「ハトポッポ」を吹いたりする姿にもしびれたねぇ
この男は落ちぶれたんじゃない
好きに生きて餓死したのさ
酔生夢死という言葉が好きだと言ったそのままに

　　自分は永遠の刹那だ、
　宇宙万象のカケラでもある。カケラとして完全である。（＊6）

この男は自由の本当の意味を知ってた
その証拠にほら
男の書いた文字
見なよ
発光してる

野枝さんの言葉だって
大杉の言葉だって
無残に殺された野枝さんたちの
あぁあれはひどい出来事だった
年端もいかない甥っ子まで殺すなんて
われわれなんかには思いつきもしない
人間たちのおそろしい話は
風にのっていくらでもわれわれの耳に届いてきた
だがわれわれはなんどだって目にした
夜のかたすみに言葉が灯って虫のようにうごめくのを

私は唯だ自分の歩るきたい方へノソノソと歩いて行くだけだ。(＊7)

われわれはぴょんぴょん跳ねて
男の最期を祝い

野枝さんの生涯を祝い
光る文字たちを祝福する！

＊引用は全て辻潤の著作から
1「価値の転倒」／3・4「ふもれすく」／6「水島流吉の覚書」（『絶望の書・ですぺら』講談社・一九九九年）
2・5・7「こんとら・ちくとら」（辻潤著作集〈一巻〉『絶望の書』オリオン出版社・一九六九年）

野枝じゃないあたしたちは

あの子が殺された
さんざん殴られて
肋骨はめちゃくちゃだったって
殺されて裸にされて古井戸に投げ込まれたって
こんなおそろしい話ってある？
殺されちゃうんだね
殺されたらおしまい
もうそこでおしまい
自分の思ったとおりに生きようとしたら殺されちゃうんだよ

あんな子あの子以外に知らない
髪はぼさぼさ
着てるものは汚れて
明日食べるものがない
なのにちっとも気にしないって顔して
いつだって堂々としてた
気にしないって言えば
あの子の家で鏡を裏返してまな板にして
金盥を鍋にしたごはん食べさせられた子もいるんだって
ふつうそんなことできない
だってばい菌こわい
ばい菌はそこらじゅうにいて油断ならない
だからあたしは手ががさがさになっても
指のさきの皮がむけても消毒がやめられない
家に食べ物がなくなるのだってこわい

飢え死にしそうになったことなんかないけど
それでもすごくすごくこわい
あの子はこわいことばかりする
子どもの頃からそうだったって
お腹がすごくすいてたからって
家族のなけなしのにぎりめしを
ぜんぶ一人で平らげたこともあるんだって
信じらんない
先生にどんなに叱られても
悪いと思ってないことは絶対謝らなかったって
あたしには無理
あたしも何かに支配されるのなんか嫌だし
誰かの言いなりになんかなりたくないけど
あの子みたいになんか絶対なれない
だってあたし誰からも怒られたくないし嫌われたくない

なにかとんでもなくひどいことされたらって思うと
黒い小石を口いっぱい胸いっぱいに詰め込んだような気持ちになる
そんな気持ちきっとあの子は知らない
ねえわかってる？
あたしたちにはあなたみたいな才能がない
ううん違う
たとえあなたと同じくらい本の虫だったり
泳ぐのがとびきり得意だったり
一生懸命考えることができたりしても
あなたみたいには生きられない
あたしはあなたよりずっとずっと弱い
強くても殺される
弱くても殺される
目立たなくったって抵抗しなくたって殺される
あたしたちどうやって生きてけばいい？

わからないからスカートのすそから
苦い不安がこぼれて夜に青あざをつけてゆく
あの子みたいにミシンから思想を導きだしたり
喧嘩ふっかけるみたいに議論したり
習俗打破って叫んだり
お互いの血を入れかえるような恋だって
きっとあたしにはできない
あたしたちはほとんどなにもできない
だけどあたし
太陽の破片みたいなあの子の横顔を
窓の外を見るふりをして
じっと見ていたことがあった気がする
海の向こうからやってきた見たことのないケモノみたいな
あの子の目
あの子の声

あの子の指さきから飛び立つ血の翼
あの子の心臓から湧きあがる血の噴水
からだじゅうを跳ねまわる血の音楽が
シュプレヒコールのように
耳にとどいて
そしたらね、そうしたら
ひどい風に傘がこわれても
空を見上げて口開けて雨飲んでころころ笑った日のこと
思いだせるような気がする
あの子みたいに紙いっぱいに
火を書いたり嵐を書いたりできなくても
あたしは生きて
臆病なあたしに
臆病なあたしたちに拍手を送る
あたしたちはあの子がめくるはずだったページを

めくることができる
あたしたちあの子のこと
ぜったいに忘れない

焼け野原

ケエツブロウは鳴き
海は渦巻き
わたしの背骨は軋みます
隣の家の娘の背骨も
そのまた隣の家の老婆の背骨も
またその隣のその隣のその隣のその隣の
背骨が軋む音が聞こえてくる
呑み込んだ言葉が鍋の底でよじれる夜
てのひらに

羽根の一枚が重い
窓にうつる草影が瞳のなかで揺れます
自分のそして母のそのまた母の
黒髪にひきずられ
色濃い夜の訪れに
手足一ミリも動かせなくとも
悲鳴は潰すことができること
せりあがってきてはまた
何度だって潰すことができること
知っているから喉の奥に
滲む血
滲む血は炎の子どもであれよ
薄闇が隠し育て
かさぶたを食べて肥った炎が
庭で露に濡れるどくだみの

ぼうぼうと光っているのを見たとき
あるいは枝に止まっていたセキレイが
鳴き声とともに海へ飛びだすのを見たとき
誰かにならなくたっていい
ただ炎を炎として
燃やすことを思いだしたあなたの
肩甲骨は前触れ
指さきは伝言
静脈は歌声
夜に足首がめり込んでも
寒さに腕をひきちぎられても
雨のつぶてに胸を撃たれても
畳に落ちた針をさがすのも
湯呑みと茶わんを洗うのも
封書に宛先を書くのも

ぜんぶあとまわしにして
悪夢の縄を歯で噛み切って放り投げ
わたしたちはわたしたちの焼け野原で
わたしたちの言葉を放つ

＊「ケエツブロウ」とは海鳥の名で、福岡方面の方言。伊藤野枝の詩「東の渚」に登場（『定本　伊藤野枝全集』第一巻　學藝書林・二〇〇〇年）

誰も知らないまっくらな小道を通って

誰も知らないまっくらな小道を通って
〝い〟を拾いに行く
もしくは〝ろ〟を
もしくは〝は〟を
さもなくばわたしは死ぬ

手のひらでかすかに息をしている〝い〟
〝ろ〟はわたしの肋骨をひっきりなしに叩き
〝は〟はまなこをおおう靄をはらいのける

一瞬の光のあと
いっそう闇が深くなるほそい小道
雨水の滲む〝に〟を着物の裾で拭き
瓦礫に埋もれた〝ほ〟を掘り起こし
塀にはさまれた〝へ〟のしわをのばす

髪の毛から砂が零れてくる
背後からうすはいいろの
たくさんの腕がのびてきて
わたしをバラバラにする
いそがなければ
誰一人いない小道に
誤った字ばかりを書きつづけたペンや
本当という字を一度も書くことができなかったペンや

屈従という字を書きすぎたペンが
こと切れて無数に積みあがっている
潰えたペンの山を這いあがる
突き刺さる
指さきからしたたり落ちる
　　　したたり落ちるあかいもの
誰もわたしをとめられない
　　　　　　　　　と
を拾って
もしくは
　　　　　　　　　　　　　ち
をもしくは
　　　　　　　　　り
　　　　　　　　　　　　　　　　ぬを　るを
を

をを

わ　がわたしをわたしにする
か　の覚悟で
よ　を明け
た　に弾を込め
れ　を連射し
くる日もくる日も本当をさがす

そこなわれた　そ　によりそい
つ　を積み重ね
ね　の根っこに水をやり
な　に新しい名を与えれば
ら　が雷鳴をとどろかせ
む　とわたしはもう無敵

い　を拾いに行く
もしくは　ろ　を
もしくは　は　を
誰もいない誰も知らないまっくらな
ながいながい小道を通って

伊藤野枝（一八九五年〜一九二三年）

作家。アナキスト。女性解放運動家。福岡県糸島郡今宿村（現：福岡市西区今宿）生まれ。幼い頃から意志が強く行動力があり、十四歳のときに上京。いったんは親の取り決めで故郷にて結婚するものの出奔、女学校の恩師であった辻潤と同棲。身の上をしたためた長い手紙が平塚らいてうの目に留まり、女性文芸誌『青鞜』に参加、のちにらいてうから編集長を受け継ぐ。その後、大杉栄と出会い、生涯をともにする。辻とのあいだに二児、大杉とのあいだに五児をもうける。関東大震災後間もない一九二三年九月十六日、大杉と甥の橘宗一とともに、甘粕正彦大尉ひきいる憲兵隊によって捕らえられ虐殺される。享年二十八歳。生涯、社会制度と闘い続け、習俗打破、自由に生きること、真実に至る道を追い求めた。十二歳のときには家の前から見える海の向こう、四キロ先の能古島まで泳げたという。

参考文献

『マリア・シビラ・メーリアン　17世紀、昆虫を求めて新大陸へ渡ったナチュラリスト』キム・トッド著　屋代通子訳　みすず書房　二〇〇八年
『情熱の女流「昆虫画家」――メーリアン　波乱万丈の生涯』中野京子著　講談社　二〇〇二年
『境界を生きた女たち　ユダヤ商人グリックル、修道女受肉のマリ、博物画家メーリアン』ナタリー・Z・デーヴィス著　長谷川まゆ帆／北原恵／坂本宏訳　平凡社　二〇〇一年
『マリア・シビラ・メーリアン作品集　Ｂｕｔｔｅｒｆｌｉｅｓ』ケイト・ハード著　堀口容子訳　グラフィック社　二〇一八年

＊

『毒婦伝』朝倉喬司著　平凡社　一九九九年

＊

『フリーダ・カーロ　生涯と芸術』ヘイデン・エレーラ著　野田隆／有馬郁子訳　晶文社　一九八八年
『フリーダ・カーロのざわめき』森村泰昌／藤森照信／芸術新潮編集部著　新潮社　二〇〇七年
『フリーダ・カーロ――痛みこそ、わが真実』クリスティーナ・ビュリュス著　堀尾真紀子監修　遠藤ゆかり訳　創元社　二〇〇八年
『フリーダ・カーロ』小柳玲子企画・編集　岩崎美術社　一九八九年
『フリーダ　愛と痛み』石内都著　岩波書店　二〇一六年
『フリーダ・カーロ　１９０７―１９５４　その苦悩と情熱』アンドレア・ケッテンマン著　タッシェン・ジャパン　二〇〇〇年

『フリーダ・カーロ　痛みの絵筆』マルタ・ザモーラ著　マリリン・ソード・スミス編　北代美和子訳　リブロポート　一九九一年
『フリーダ・カーロ　太陽を切りとった画家』ローダ・ジャミ著　水野綾子訳　河出書房新社　一九九一年
『フリーダ・カーロ　引き裂かれた自画像』堀尾真紀子著　中央公論社　一九九一年
『フリーダ・カーロ　歌い聴いた音楽』上野清士著　新泉社　二〇〇七年
『フリーダ・カーロとディエゴ・リベラ』イサベル・アルカンタラ／サンドラ・エグノルフ著　岩崎清訳　岩波書店　二〇一〇年
『フリーダ・カーロとディエゴ・リベラ』堀尾真紀子著　ランダムハウス講談社　二〇〇九年

＊

『メアリー・アニングの冒険　恐竜学をひらいた女化石屋』吉川惣司／矢島道子著　朝日新聞社　二〇〇三年

＊

『村に火をつけ、白痴になれ　伊藤野枝伝』栗原康著　岩波書店　二〇一六年
『定本　伊藤野枝全集』（全四巻）井手文子／堀切利高編　學藝書林　二〇〇〇年
『自由それは私自身　評伝・伊藤野枝』井手文子著　筑摩書房　一九七九年
『吹けよあれよ風よあらしよ　伊藤野枝選集』森まゆみ編　學藝書林　二〇〇一年
『伊藤野枝と代準介』矢野寛治著　弦書房　二〇一二年
『美は乱調にあり』瀬戸内寂聴著　角川学芸出版　二〇一〇年
『伊藤野枝集』森まゆみ編　岩波書店　二〇一九年
『絶望の書・ですぺら』辻潤著　講談社　一九九九年

『絶望の書』辻潤著作集〈一巻〉辻潤著　オリオン出版社　一九六九年
『漂流怪人・きだみのる』嵐山光三郎著　小学館　二〇一八年

初出

「夜明け前」「スリナムの太陽のもとで」「雨季」「蝶のはばたき」「メタモルフォーゼ」／「波打ち際にて」「光の粒」「海鳴り」「骨の奥で開いてゆくのは」「泥水が沁みてゆく真っ白な紙」は、コトリノ・古書店「蝶とウミユリ―夜のちいさな図書室―」（二〇一九年）、「わたしのヒヨドリ」「光る背骨」「ディエゴ」「金いろ。シガレットケース　朝　洗いたての絵筆」「ふくらはぎよ背骨よ血液よ」「眠りなさい」は、福岡イタリア会館・SPAZIO「VIVA　LA　VIDA――生命万歳」（二〇一六年）、「雨よ貫けわたしの骨を」（「ごうごうと風よ吹け」より改題）「大杉栄へ――そのときあなたはもっとも生きる」「焼け野原」（「女たちへ」より改題）「誰も知らないまっくらな小道を通って」は、フタバ図書福岡パルコ新館店「『村に火をつけ、白痴になれ』（岩波書店）刊行記念／栗原康ライブトーク×浦歌無子朗読の夜」（二〇一六年）にて発表。「雨よ貫けわたしの骨を」「大杉栄へ――そのときあなたはもっとも生きる」「誰も知らないまっくらな小道を通って」は、『現代詩手帖』二〇一六年八月号（思潮社）に掲載。本書刊行にあたり、それぞれ加筆修正を行いました。

浦 歌無子（うら かなこ）

福岡県福岡市生まれ

詩集

『耳のなかの湖』（ふらんす堂・2009年）

『イバラ交』（思潮社・2013年）

『深海スピネル』（私家版小冊子・2015年）

『夜ノ果ててのひらにのせ』（弦書房・2017年）

光る背骨（ひかるせぼね）
二〇二一年十一月十二日　発行
著　者　浦　歌無子（うら かなこ）
発行者　知念　明子
発行所　七　月　堂
〒一五六―〇〇四三　東京都世田谷区松原二―二六―六
電話　〇三―三三二五―五七一七
FAX　〇三―三三二五―五七三一
印刷・製本　渋谷文泉閣

ISBN 978-4-87944-470-7　C0092